AF300232

# POÉSIES

SUR

# Couze et la Franc-Maçonnerie

PAR

## BALLANDE-FOUGEDOIRE

Fabricant de papier à Thiers.

MEMBRE TITULAIRE DE L'INSTITUT BRITANNIQUE

DU GÉNIE UNIVERSEL

ET DE L'ACADÉMIE NATIONALE DE LONDRES.

THIERS

IMPRIMERIE TREILLE DE GRANDSAIGNE, LIBRAIRE

SEPTEMBRE 1875.

# COUZE

Le lecteur qui voudra bien me faire l'honneur de lire ces quelques vers que je viens de composer au sujet de mon pays : Couze, où je suis né le 11 juillet 1844, et dont je fais porter le nom à mon petit ouvrage, bien à juste titre, puisqu'il lui sert de canevas.

Je dois donc mettre mon lecteur au courant, car il chercherait bien longtemps pour se rendre compte de l'application du mot.

Bien que Couze, par sa position géographique, son bon vin d'embarcation, son bon tabac, ses belles carrières de pierres blanches, ses bonnes mines de fers, ses bons fruits de toutes sortes, ne soit pas assez conséquent pour être connu de tout le monde, je dois dire que ses nombreuses et importantes papeteries le mettent en rapport avec les peuples les plus éloignés, car ces fabriques travaillent beaucoup pour l'exportation.

Efin, je crois devoir encore faire une autre observation à mon lecteur, car quand on lit un ouvrage on n'est jamais trop renseigné, surtout quand la plus grande partie est en vers.

Couze est un grand bourg très-bien bâti, situé au confluent de la Dordogne, qui le traverse dans sa largeur ; les trois quarts et demie du pays se trouvent sur la rive gauche de cette grande rivière, il est bâti en amphithéâtre sur le versant d'une petite montagne très-fertile, dite le *Tertre-du-Château ;* ce nom dérive d'un vieux château fort, à l'architecture romaine, qui couronne cette petite montagne. Mais ce vieux monument est complètement en ruine.

On ne l'a pas respecté, c'est dommage ; je comprends que c'était une bien belle cage qui, dans les siècles plus reculés, avait renfermé des bien vilains oiseaux.

Cependant les plus belles maisons sont bâties dans la plaine, soit sur le bord de la grand'route ou celui de la Dordogne, d'autres sur le bord de la petite rivière, dite la Couze, qui traverse le pays dans toute sa longueur, qui arrose ses belles prairies, fait marcher ses nombreuses fabriques, et se perd dans la Dordogne, à Couze même, en lui donnant son nom et fait sa richesse et sa beauté.

Car la beauté de Couze ne ressort pas toute de son commerce, ni de son architecture, ni de ses produits agricoles, ni de ses richesses souterraines, ni de son industrie, quoi qu'elle y soit pour beaucoup.

Mais sa position géographique double son importance, Couze est en petit ce que Lyon est en grand ; Couze se trouve posé entre la Couze et la Dordogne, comme Lyon entre le Rhône et la Saône.

Regardons la Dordogne à Couze, comme nous regardons le Rhône, à Lyon, qui le traverse dans sa largeur, et supposons que la Saône qui le traverse dans sa longueur soit la petite rivière dite la Couze, qui traverse le pays dans sa longueur, en lui donnant son nom et fait sa richesse et sa grande réputation si bien méritée sous tous les rapports.

Mais elle est bien moins forte que la Saône, la Couze, avec une chute de deux mètres en moyenne, peut donner environ 35 chevaux de force. C'est une eau de fontaine très-claire, elle se soutient parfaitement bien pendant l'eté et ne gèle jamais. Quant elle arrive à quatre kilomètres de son embouchure, les chutes sont très-rapprochées les unes des autres, et toutes bien utilisées ; cela se comprend facilement dans un pays aussi rapproché de Bordeaux, et dont les communications sont si faciles par la Dordogne. De plus, le pays est sillonné de grand'routes et de chemins de fer pour tout pays. C'est ce qui donne un si grand développement à son commerce et à son industrie, même à l'agriculture, surtout pour ses vins d'embarcation et sa pierre de taille.

Mon cher lecteur, la Couze joue un tout autre rôle que la Saône; la Saône, à Lyon, ne fait pas marcher des fabriques, elle n'a point de chute, de plus, ses eaux sont toujours louches.

La Couze, à partir de sa source jusqu'à son embouchure, parcours de 25 kilomètres environ, arrose des prairies magnifiques, fait marcher des forges à fers, des moulins à blés. Mais sa plus grande industrie c'est la papeterie, Couze est pour la papeterie ce que Thiers est pour la coutellerie proportionnellement à sa population. Couze a environ 500 habitants, les maisons très-bien bâties et toutes en pierres ; les rues ne sont pas droites, mais très-propres. Vous n'y verrez jamais de fumier dans les rues, les maisons ne sont pas serrées, elles sont éloignées les unes des autres. C'est absolument le type des grands bourgs de Normandie, les fabriques avec leurs beaux jardins, les prairies, les places, les canaux, la Dordogne, les quais occupent une large partie du pays.

La longueur du bourg est d'un kilomètre et demi, sa largeur est d'un kilomètre et quart.

Eh bien, dans ce court trajet, en 1834, quand je partis pour faire mon tour de France, pour ne plus y rentrer qu'en 1862, Couze à cette époque possédait treize fabriques à papier et deux moulins à blés dans un parcours d'un kilomètre et demi, quand j'y retournais en 1862, après une absence de 28 ans, j'y trouvais du changement ; il y avait moins de fabriques de mon temps, c'était des fabriques à bras, aujourd'hui ces fabriques sont montées au nouveau système, c'est-à-dire à machine, et les petites fabriques sont annexées aux grandes. Il y a moins de fabriques, et il s'y fait davantage de papiers que de mon temps. Cependant il y a encore deux fabriques à bras.

Couze a toujours fourni de bons papetiers, et cela est facile à comprendre quand on sait que la papeterie est pour ainsi dire la seule industrie du pays. On apprenait ce métier de bas-âge, les enfants travaillaient fort jeunes.

Moi j'ai commencé à l'âge de six ans, j'en ai soixante, j'ai toujours travaillé et je ne sais pas encore quand je finirai, j'ai pourtant droit à ma retraite.

Aussi si la papeterie a fait des progrès depuis 50 ans, Couze en a toujours fait pour sa part, les formes dites à jour furent inventées par M. Ballande, fermier à Couze, natif du pays. Cette invention remonte à l'année 1822 ou 1823.

Les formes qui font plusieurs feuilles à la fois furent améliorées à Couze par M. Carrier, élève de M. Balande, l'essai en fut fait chez M. Casimir Ballande, fabricant de papiers à Ratier, département de Lot-et-Garonne. L'invention est due aux hollandais. M. Carrier, de Couze, également élève de M. Ballande, l'a rafinée.

Cette amélioration remonte à 1830 ou 1831.

L'invention du papier rond est due à M. Prat-Dumas, fabricant de papier à Couze. Pour conduire cette vaste invention, il fallait à M. Prat-Dumas des formes et des ouvriers capables. C'est M. Carrier, fermier de Couze, aujourd'hui retiré des affaires, qui fit les formes, et des bons ouvriers du pays conduisirent l'inventeur à bonne fin. Je regrette de ne pas savoir leurs noms, j'ai toujours aimé les bons ouvriers. M. Prat-Dumas, avant sa mort, en 1870, était arrivé à fabriquer le papier rond à la machine, son fils a pris sa suite, il a continué cette fabrication, il fait une fortune rapide. Dieu merci la papeterie doit une statue à ce grand innovateur. C'était l'ami des ouvriers, je travaillais pour son père quand je partis pour faire mon deuxième tour de France en 1834. Si Dieu récompense les bons, M. Prat-Dumas est récompensé ; il avait des idées très-libérales.

Bien que ce papier rond se fabrique à la machine, il faut des formes quand même, c'est M. Meynardie fils qui les fait. Il n'est pas permis à tous les formiers de les faire, c'est un travail délicat.

Moi pour mon compte, j'ai toujours fait mon possible pour porter des améliorations soit au cartonnage soit à la papeterie. M. Meynardie père était l'élève de M. Ballande.

Depuis 1855, à l'exposition universelle de Paris, j'ai obtenu 6 médailles, j'ai même été mis hors concours à l'exposition de Billom.

Cette année, je viens de faire une amélioration qui a son mérite, c'est l'invention du carton fort, pour ainsi dire sans fin. J'en ai exposé pour la première fois cette année à l'exposition de Riom.

J'ai obtenu un retour de médaille d'argent.

Ici je dois dire vrai, mon conducteur de machine y a contribué pour sa part, et son nom doit figurer dans mon petit ouvrage, il se nomme Grille, natif de Thiers. Il est vrai qu'il est mon élève.

En 1861, j'ai reçu de Londres le diplôme et la médaille d'or, qui me font membre titulaire de l'Institut britannique et du Génie universel.

Mais cette invention n'est pas encore au domaine public, c'est ma propriété. Je ne voudrais pourtant pas l'emporter dans l'autre monde.

Mon cher lecteur, si un jour vous êtes appelé à traverser le département de la Dordogne, ne regrettez pas de faire quelques sacrifices pour aller visiter ce beau pays. Quand vous l'aurez bien parcouru vous vous direz à vous-même : eh bien, voilà où je voudrais vivre et mourir.

Mais pour bien vous en rendre compte, faites quelques excursions dans les environs, allez un jour voir la petite ville de Beaumont; tout en longeant la Couze vous ferez votre première promenade sur la rive droite de la rivière, vous verrez d'abord le moulin de Bayac, jolie papeterie à environ 300 mètres de Couze, un peu plus haut à votre droite, vous verrez le joli moulin à blé des Ybernas, enfin, à une faible distance des Ybernas, vous arrivez à la forge du Colombier. A mon dernier voyage à Couze, l'année dernière, j'ai voulu revoir encore cette belle vallée, quoique je sois du pays, on n'est jamais fatigué de voir ce vrai paradis terrestre.

Passant au Colombier, j'ai accepté le déjeûné que M. Marot, propriétaire de la forge, ancien fabricant de papier, m'a fait l'honneur de m'offrir.

Je n'oublierai jamais la bonne réception que j'ai reçue de la part de son excellente dame. A deux pas de la forge vous êtes aux belles carrières de pierres, dites carrières du Colombier; puis à côté des carrières vous trouvez le joli petit village de la Gravette, là, s'il vous fait plaisir de déjeûner il y a une très-bonne auberge tenue par un de mes amis; deux pas plus haut vous êtes à Montbrun, joli moulin à blé; de mon temps c'était une fabrique à papier. Ensuite à deux kilomètres plus haut vous arrivez au pont des Taillades, là vous traversez la Couze sur un petit pont en pierre, et vous montez à Beaumont qui en est à deux kilomètres ; là vous pouvez dîner et vous reposer un moment.

Ensuite vous descendez par le même chemin que vous êtes monté, car du pont des Taillades pour vous rendre à Beaumont, vous avez monté un coteau assez rapide.

Cette fois vous ne passez pas le pont, vous vous rendez à Couze suivant la rive gauche de la Couze, à demi-heure du pont des Taillades vous arrivez dans la belle prairie de Banne, vous passez sous les croisées du château ; il est bâti sur un rocher, la partie qui fait face à la Couze est taillée perpendiculairement. Là, le voyageur a l'imagination frappée à l'aspect d'un si beau paysage, vous êtes dans une prairie vaste arrosée par la Couze et des sources magnifiques qui coulent de distance en distance, vous vous dites à vous-même l'auteur de ce petit ouvrage a dit vrai.

A quelques pas plus bas, vous faites, du château de Bayac, comme vous venez de faire du château de Banne, vous passez sous ses croisées que vous laissez à votre gauche à une faible distance. Là vous êtes sous les murs du château de Bayac. Enfin, quelques pas plus bas et toujours à votre gauche, vous passez sous les murs de Bourzac, ce village est situé sur un petit plateau élevé à environ 20 mètres au-dessus du niveau de la Couze, il se trouve placé dans un très-beau sîte. Là, si vous avez soif vous pouvez vous désaltérer, il y a une auberge très-bien tenue.

De mon temps le village de Bourzac était le village de la gaieté, on y dansait tous les dimanches, c'était le rendez-vous de la jeunesse.

Ici vous n'êtes plus qu'à un kilomètre de Couze, vous descendez dans les prés, vous passez sous la ferme dite sur le Roc, et vous arrivez à Couze par la fontaine dite la Fontaine-Chaude, elle donne environ 200 litres d'eau à la minute, l'eau en est très-légère, l'hiver elle est fumante comme un volcan, je la crois même un peu ferrugineuse. De ce point de vue vous découvrez les ruines du vieux château de Couze, ici vous êtes frappé de je ne sais quoi à l'aspect d'un si beau panorama, vous ne vous ennuyez pas, toujours une chose nouvelle vient vous frapper la vue.

Vous êtes séparé de l'église et pour ainsi dire du pays par la Couze qui forme trois branches à cet endroit, vous diriez des *Deltas*, vous traversez la rivière sur deux ponts en pierre, la longueur du premier est d'environ 80 mètres, le deuxième, qui est à environ 20 mètres de l'église, a une largeur d'environ 10 mètres ; à côté de l'église vous remarquez deux fabriques à papier, désignées sous les noms de Barrot vieux et de Barrot neuf, la première en est séparée par une espèce de petite basse-cour d'une largeur d'environ 10 mètres, la deuxième, c'est-à-dire le Barrot neuf, en est séparée par la rivière ou pour mieux dire par son écluse, sa largeur est d'environ 4 mètres.

An bout du pont, en face, vous êtes sur une jolie place. Mais cette jolie place, mon cher lecteur, me laisse de bien tristes souvenirs.

Cette jolie place c'est l'ancien cimetière, c'est là que reposent mon père et ma mère et plusieurs de mes parents et amis, aussi quand je la traverse je sens battre mon cœur, il me semble qu'une voix souterraine me crie : misérable, tu foules à tes pieds les cendres de tes pères. Arrête-toi et prie Dieu.

Je sais qu'une loi ministérielle lancée en 1837 ordonnait aux communes qui avaient leur cimetière trop rapproché du pays à le transporter à une certaine distance. Couze s'est vu forcé d'obéir a la loi, on l'a changé en effet ce cimetière, à la honte du pays, au mépris des morts, à l'horreur du genre humain. Quand vous irez visiter les ruines du château pour vous rendre compte de la beauté de la campagne, le cimetière se trouve derrière ces ruines, nos morts reposent dans ces décombres affreux. C'est là que reposent mon beau-frère, mon oncle, ma tante, mon parrain, ma marraine, mes amis. Aussi en écrivant ces lignes mon visage se colore, mes membres s'agitent, et tout seul je me dit, contre cette infamie je proteste et je protesterai toujours.

Oh non, mon cher touriste, ce cimetière ne fait pas honneur à ce beau pays. Qui est trop bon n'est bon à rien, dit le proverbe ; on n'est jamais trop bon à mes yeux, mais il faut avoir le courage de faire honneur à ses idées, et nous acquitter franchement de notre mandat, et tenir l'intérêt de ceux qui nous honorent de leur confiance, et ne jamais obéir aux caprices d'un seul homme. Voilà les formes républicaines. Cette année on vient d'y enterrer un de mes cousins.

Mon cher Monsieur, vous avez parcourue la vallée de la Couze, depuis le pont des Taillades jusqu'ici, vous avez vu l'église, la place principale du pays, vous avez visité les deux fabriques, les plus remarquables de Couze, je ne veux pas vous dire qu'elles sont les plus considérables, comme beauté. Mais c'est au Barrot vieux, chez M. Prat, fils de M. Prat-Dumas, où se fabrique le papier rond, je dois vous observer que le Barrot neuf est annexé au Barrot vieux, M. Prat est propriétaire des deux usines.

Eh bien je vous engage à repasser la rivière sur les mêmes ponts par où vous êtes venu et finir votre excursion tout le long de la Couze jusqu'à son embouchure. Aujourd'hui la Couze est débordée, ça se rencontre bien, vous verrez la belle cascade de la Frégière où la Couze se précipite dans la Dordogne, c'est un coup d'œil magnifique. Pour vous y rendre c'est très-facile, la prairie est sillonnée de sentiers, les ouvriers pour se rendre à leur ouvrage, surtout dans la nuit, sont autorisés à passer partout. De plus, pour faciliter les communications, les fabricants l'exigent, soit pour leurs propres intérêts comme pour utilité publique. Ainsi partant de la Fontaine-Chaude, vous avez deux grands sentiers qui traversent le grand pré que vous voyez devant vous, il est bien baptisé à juste titre car il est grand, l'un se trouve à votre droite qui suit tout le long de la rivière et vous conduit à la papeterie de la Mouline, s'il vous fait plaisir de descendre de ce côté quand vous serez à la Mouline, vous pouvez descendre à la fabrique de Vallette, longeant le canal de fuite, c'est-à-dire passant derrière les roues et sans sortir du grand pré.

Si au contraire vous voulez de la Fontaine-Chaude descendre à Vallette sans suivre le long de la rivière, vous prenez le sentier à gauche, vous suivez tout le long du grand fossé qui reçoit l'eau de la fontaine et arrose tout le pré dans sa longueur.

Quand vous êtes à Vallette, pour descendre aux Guillandons vous suivez toujours le long de la rivière; là, vous avez un chemin a passer, trois voitures de front. Jusqu'aux Guillandous ce grand chemin est connu sous le nom de Lageoncal.

S'il vous fait plaisir de descendre sur la rive droite puisque vous êtes sur la rive gauche, vous n'avez qu'à traverser la rivière sur le petit pont en pierre que vous voyez devant vous.

Si vous voulez joindre l'ancien grand chemin qui conduit au port de Couze, vous n'avez qu'à suivre tout droit devant vous, vous y arrivez par le chemin dit route de la Grange-Route. Si au contraire vous voulez suivre le long de la rivière, vous prenez à gauche, vous traversez un champ, autrefois c'était le Pré-Neuf, je ne connais pas l'origine de ce nom. S'il vous fait plaisir de passer sur l'écluse de la Rousique (ancienne papeterie), vous allez tomber devant la porte de la fabrique ; si vous suivez tout droit vous allez à la grand'route, vous passez sous le mur du jardin dit chez Merle, ancienne papeterie, vous passez devant la maison dite de la Perdrix, et vous êtes au bord de la Dordogne, vous êtes au bout du pont sur la rive gauche que vous avez en face, et derrière vous, à 50 mètres environ se trouve la Couze.

Remarquez bien le coup d'œil où vous êtes, entre deux rivières ; à votre gauche vous avez la fabrique à papier du port de Couze, il y a deux machines, son architecture est imposante, vous faites face au nord ; derrière vous c'est les magasins de la fabrique, à votre droite c'est un café, plus une jolie maison. Sur la rive droite de la grande rivière se trouve le petit faubourg dit le Port de Couze, son aspect est riche et imposant. Au bout du pont, à gauche, vous remarquez un joli moulin à plâtre, puis à 20 mètres plus au nord vous arrivez au grand bassin; vous êtes entre le grand canal de navigation et la Dordogne, à 150 mètres du chemin de fer de Lyon à Bordeaux, vous êtes tout près de la gare. Mais le plus important, à 300 mètres environ à votre droite, vous voyez la belle fabrique à papier de Rotersac, je dis la belle, je dois dire l'unique. Car, mon cher lecteur, que Dieu vous préserve d'être condamné à voyager jusqu'à ce que vous ayez trouvé un autre Rotersac, vous voyageriez bien longtemps, il n'y a pas deux Rotersac.

S'il vous fait plaisir de faire une deuxième excursion, je vous y engage, montez à Saint-Front, qui était autrefois une petite paroisse annexée à la commune de Couze, depuis 1842 ou 43, vous avez un chemin d'agrément sur le bord de la Dordogne. Quand vous aurez visité Saint-Front, s'il vous fait plaisir de revenir par le même chemin, vous le pouvez; ensuite vous descendriez tout le long de la Dordogne, vous iriez voir les vieilles carrières dites de Lénas, de là vous iriez visiter le beau village de Varenne, c'est un bien beau pays.

Si vous avez suivie l'histoire de notre première révolution ce nom vous est bien connu, c'est à Varenne-Lorraine que Louis XVI, roi de France, fut arrêté par un maître de poste.

Enfin, de Varenne vous passerez par Lanques, joli bourg à 2 kilomètres de Couze. Quand vous faite cette tournée, il sera bien l'heure de dîner en rentrant à Couze.

Pour coucher et prendre vos repas, vous serez bien à l'hôtel des voyageurs, tenu par M. Mancet.

Après dîner, s'il vous fait plaisir de visiter les ruines du vieux château et la beauté de la campagne, vous n'en serez pas fâché. Comme je viens de vous le dire plus haut, le nouveau cimetière se trouve à l'est du petit mamelon, vous ne le verrez pas avec plaisir.

Le cortége funèbre traverse le pays pour se rendre à l'église, et le traverse de nouveau pour se rendre au cimetière.

Comme je vous l'ai dit, vous verrez le vieux cimetière, et je suis bien certain que vous, qui avez de l'usage, vous ne le verrez pas sans indignation.

BALLANDE-FOUGEDOIRE.

# COUZE

J'entreprends, mon ami,
Une rude besogne,
De chanter mon pays
Au bord de la Dordogne.

Je manque de savoir,
Je me connais moi-même ;
Malgré mon bon vouloir,
Je ne suis pas en même.

Cependant, Dieu l'a dit,
Sa voix s'est fait entendre ;
Muse, prends ton parti,
Ne te fais pas attendre.

Chantons ce paradis,
Ce jardin de la France ;
Chantons ce beau pays,
Berceau de mon enfance.

C'est là que la vertu,
D'une main bienfaisante,
A toujours secourue
L'humanité souffrante.

Pour entreprendre, enfin,
Tout nous paraît facile ;
Conduire à bonne fin
Est un peu difficile.

Que la difficulté
Ne nous arrête pas ;
C'est pour la vérité :
Faisons le premier pas.

Les hommes, de nos jours,
Ne font plus de miracles ;
Mais nous saurons toujours
Surmonter les obstacles.

Il nous manque d'abord
Peut-être un peu d'usage ;
Pour conduire à bon port,
Nous avons le courage.

A l'ombre d'un charmeil,
Au bord d'une rivière,
Un soir, le doux sommeil
Vient fermer ma paupière.

On sonnait l'*Angelus*,
Tout fuyait les campagnes ;
Phœbus ne dorait plus
Le sommet des montagnes.

Pendant que je dormais
Sur ce tapis de fleurs,
Un rêve me flattait,
Prolongeait mon bonheur.

Un fantôme galant,
Après trente ans d'absence,
Me montre, en me parlant,
Le lieu de ma naissance.

Sur un fougueux coursier
Je quitte la Limagne ;
Vite, pour Montpasier,
Je me mis en campagne.

Quatre chevaux légers
Nous conduisaient sans peine,
Quand, de douze étrangers,
La voiture était pleine.

Enfin, une heure après,
Nous dit le postillon,
Nous sommes au relais,
Nous sommes à Beaumont.

Le temps était parfait,
Nous partîmes bientôt ;
Nous voulions, en effet,
Arriver au plus tôt.

Nous marchions à pas lents
Le long de la colline,
J'admirais le courant
De la Couze argentine.

En face d'un bouchon
La voiture s'arrête,
C'est pour prendre un cruchon ;
Nous sommes à la Gravette.

Je saisis l'occasion
Pour mettre pied à terre ;
Sitôt le postillon
Vient m'ouvrir la portière.

Monsieur veut-il descendre,
Me dit-il poliment ;
Ne faites pas attendre,
Profitez du moment.

Je ne m'ennuyez pas,
J'entrai prendre la goutte ;
A quelques pas plus bas
Je quitte la grand'route.

Ma canne sous le bras,
Mon habit et ma blouse,
Et marchant à grand pas
Je descendais à Couze.

Sous les murs d'un château,
Traversant un pré vert,
J'entendais le marteau
Résonner sur le fer.

La grosse cheminée,
Comme on le voit souvent,
Vomissait la fumée
Emportée par le vent.

Pour reprendre mes forces
Je m'arrête à Bourzac ;
Je fus faire deux porces
Au moulin de Bayac.

Les ouvriers m'ont reçu
Avec tant de bonté,
Je fus vraiment confus
De tant d'honnêteté.

Je brossai mes souliers
Pour me mettre en chemin,
Je donnai aux ouvriers
Une poignée de main.

Jamais homme de cour
N'a été plus en peine,
Je traversai la cour
D'un tout petit domaine.

Le chien, en me voyant
Se sauvait au plus vite,
Et puis, en m'aboyant,
Me faisait la poursuite.

Dans le plus vif transport,
Courant à perdre haleine :
J'arrivai à bon port
Au bord d'une fontaine.

Quand son liquide, enfin,
Abreuve un long fossé,
Sortant de son bassin,
Arrose le grand pré.

J'ai voulu découvrir
Ta riante campagne ;
Il m'a fallu gravir
Ta plus haute montagne.

Là j'en ai vu des grises,
Le soleil était chaud ;
J'ai mouillé deux chemises
Pour monter au château.

J'arrivai fatigué
Sur le petit plateau ;
Mon regard fut frappé
D'un terrible fléau.

Je différai longtemps,
Voyant une croix noire ;
C'est un de mes parents,
Elle est à sa mémoire.

Je visitai l'enceinte
De ce lieu de douleur,
Quand soudain une plainte
Me frappa jusqu'au cœur.

Un petit mausolée
Entouré d'une grille,
Dans ce lieu désolé,
Met en deuil sa famille.

Je te fais mon adieu,
O vertueuse femme,
Et je prie le bon Dieu
De conserver ton âme.

Ta place est réservée
Aux rangs de ces élus ;
Te voilà compensée
De tes rares vertus.

C'est le jour, Dieu merci,
Je ne dois pas me plaindre ;
Je me sens tout transi,
Le jour commence à poindre.

Je suis glacé de froid,
Je reviens au plateau
Visiter sans effroi
Les ruines du château.

Sur ce mont de Titan
Me voici de retour ;
Dis-moi, grand monument,
Qui t'a rasé ta tour.

As-tu, de Jupiter,
Eprouvé la colère ;
Plutôt as-tu souffert
Du fléau de la guerre.

Qu'est-elle devenue
Ta grandeur gigantesque,
Je n'ai plus à ma vue
Qu'un tableau pittoresque.

Quel coupable étranger,
Quel monstre de nature
C'est permis d'outrager
Ta belle architecture.

Quelle infamie de cour,
Quel moteur de désordres,
De renverser la tour,
Aurait donné des ordres.

Rien ne peut me surprendre
Sur ce beau point de vue ;
Si loin qu'elle peut s'étendre,
Je peux porter ma vue.

A ma droite un canal
Qui sillonne la plaine ;
Sa belle eau de cristal
Efface une fontaine.

Sur un beau mamelon
J'aperçois droit en face
Un joli pavillon,
Une belle terrasse.

Sous son toit généreux,
La veuve, l'orphelin,
Le pauvre malheureux,
Trouvent toujours du pain.

En bas du mamelon
Voyez cette fabrique ;
Le trajet n'est pas long,
C'est près de la Rousique.

Je compte les arceaux
De ton grand pont de pierre,
Et tes nombreux canaux
Qui serpentent la terre.

Un amas de maisons
Formant amphithéâtre ;
Font, à juste raison,
Un superbe théâtre.

Je vois les grands bateaux
Mouillés dans ton bassin,
Que d'habiles pinceaux
En donnent le dessin.

Quand chaque grand bateau
A sa flamme pendante,
Ça produit le tableau
D'une ville flottante.

Je vois ce beau pays
Dans cette belle plaine ;
Je veux parler ici
Du hameau de Varenne

Mais pour bien découvrir
Le pays, en entier,
Il faudrait me munir
D'une lunette à pied.

De ce coup d'œil charmant
Je verrais Bergerac ;
Je vois facilement
Lalinde et Rotersac.

Je ne crois pas mentir ;
De ce mont élégant
Je pourrais découvrir
Creysse avec Tiregant.

Je ne suis pas jaloux,
Si je sais mon métier ;
Le plus riche, à mon goût,
Eh bien ! c'est Moulidier.

Dans le même moment,
Pour me mettre à mon aise,
Je vois facilement
Tuilière et Saint-Capraise.

Je vois bien le plateau
De la forêt Dardaine ;
J'aperçois le troupeau
D'un très-joli domaine.

Je vois bien le grand bourg
Et toutes ses fabriques ;
Puis j'entends le bruit sourd
De tant de mécaniques.

Je vois bien tout le port
Avec son joli quai ;
Puis je découvre encor
La route de Lanquai.

Si vous êtes curieux,
Montez sur ce beau tertre,
Vous verrez sous vos yeux
Ce paradis terrestre.

J'admire la bonté
De tes papeteries,
Je chante la beauté
De tes belles prairies.

Je chante le tableau
De ta belle vallée ;
Couze, tu parais beau
Sous la voûte étoilée.

Quel beau panorama
Que ta belle campagne ;
Je le chante tout bas,
Apollon m'accompagne.

Quand on fait réflexion
A tes belles carrières,
Ta belle position
Entre tes deux rivières.

Ton aspect imposant
Et sous ton beau ciel bleu,
Chacun dit en passant :
C'est l'ouvrage de Dieu.

Chacun le connaît bien,
On le juge sans peine ;
Paris ne serait rien
Sans les eaux de la Seine.

De même je soutiens
Que ma raison est bonne ;
Lyon ne serait rien
Sans le Rhône et la Saône.

Mais vous en conviendrez,
Je n'ai pas toujours tort ;
Dites, que deviendrait
Marseille sans son port.

Je chante tes coteaux,
O cité populaire ;
La beauté de Bordeaux,
C'est sa grande rivière.

Quand on réfléchit bien
A la belle Venise,
Londres ne serait rien
S'il n'était la Tamise.

Je dis la vérité,
Il ne faut pas confondre ;
Car, en réalité,
Couze est plus grand que Londres.

Couze, moins important
Par sa population ;
Mais bien bien plus conséquent
Sa belle position.

Pour l'homme qui comprend,
Qui connaît le crayon,
Couze est beaucoup plus grand
Que Paris et Lyon.

Si Paris paraît grand,
Grâce à l'architecture ;
Mais Couze, tu comprends ,
Tient tout de la nature.

J'ai toujours protesté
Contre toute barrière ;
J'ai toujours détesté
Les villes sans rivière.

Je suis accoutumé
Aux ouvrages hydrauliques :
Je n'ai jamais aimé
Un pays sans fabriques.

Je vivais parmi vous,
J'étais bien jeune encor ;
J'ai vu venir chez nous
Les cohortes du Nord.

Quand le noble débris
De l'armée de Pologne
Vint chercher un abri
Au bord de la Dordogne.

Quand on les éloigna
Par la force des armes,
Cela nous indigna,
Nous causa bien des larmes.

Je dis la vérité ;
En dépit de Tarquin,
Couze a toujours été
Sage et républicain.

S'il veut la liberté,
C'est par patriotisme ;
Il a trop supporté
Le joug du despotisme.

Ah ! combien je maudis
Le pédant, le poltron ;
Qu'on voit, comme un bandit,
Changer de pavillon.

J'aime la paix, surtout
L'équilibre en Europe ;
Ce que j'aime avant tout,
C'est l'âme philanthrope.

Je soutiens l'opprimé
Sans me faire connaître ;
Je n'ai jamais aimé
Ramper devant un maître.

J'ai toujours délaissé
La femme sans pudeur ;
J'ai toujours méprisé
Le citoyen sans cœur.

Je comprends que le roi
Ruine le genre humain :
Eh bien ! voilà pourquoi
Je suis républicain.

Je suis venu ici
Il y a plus de trente ans ;
Laissez-moi, mon ami
Regarder plus longtemps.

Je vois bien des hameaux
Entourés d'arbres verts ;
Des champs, des prés très beaux
Et des chemins de fer.

Je remarque celui
Qui suit le bord de l'eau ;
Celui-là nous conduit
De Clermont à Bordeaux.

L'autre passe au Buisson,
Qui n'est pas loin de Couze ;
Celui-là correspond
De Paris à Toulouse.

J'aperçois de ces lieux
Des masses de fabriques ;
J'ai encor sous mes yeux
Des routes magnifiques.

Je vois bien des bateaux
De toutes les mesures ;
J'aperçois des châteaux
Et leurs grandes toitures.

Ce n'est pas par orgueil,
Je le dis aujourd'hui ;
Mais le plus beau coup d'œil
Se fait pendant la nuit.

Là, c'est un gouverneur
Qui sort de sa maison ;
Plus loin, un conducteur
Qui reprend sa faction.

Tout est en mouvement,
Impossible à dépeindre ;
J'entends le ronflement
D'un nombre de cylindres.

On vous l'a raconté,
Je ne le cache pas ;
A moi, pour ma santé,
Il me faut du tracas.

On va recommencer,
Chacun passe à son tour ;
Les femmes vont passer
Deux heures avant le jour.

Enfin, c'est un détail,
Ces femmes courageuses
Vont se rendre au travail
Comme des bienheureuses.

Quand à Berne, à Nancy,
On ferme les boutiques,
Vous entendez ici
Les cloches des fabriques.

Quand à Paris, le soir,
On ferme les tavernes ;
Ici vous allez voir
Circuler les lanternes.

On fait du papier gris,
Du blanc, du bleu, du paille ;
Quand on dort à Paris,
A Couze l'on travaille.

Je dois prendre un parti,
Je reviendrai demain ;
Car j'ai déjà écrit
Beaucoup sur mon calepin.

Je m'ennuie maintenant,
J'ai froid sur la pelouse;
Mais en me promenant
Je vais descendre à Couze.

Je vous dirai pourquoi
Le besoin m'y appelle;
Je laisse derrière moi
Le tertre de la Belle.

Je vais donc m'absenter
De ce lieu de délices;
Je vais pour visiter
Ton plus bel édifice.

Voyant ton chapiteau
Et ton petit autel;
Dieu! quel coup de pinceau,
Si j'étais Raphaël.

Près de ton monument,
Sur une vaste place;
J'allais, me promenant,
En parcourir l'espace.

Passant sur des tombeaux,
Une voix souterraine
Murmura quelques mots
Que j'entendis à peine.

Oh! méchant étranger,
Disait-elle à voix basse;
Tu viens pour m'outrager,
Me marcher sur la face.

Au nom de l'amitié,
Es-tu dans le délire;
Mon Dieu, prends donc pitié
Du soldat de l'empire.

L'ayant bien entendu,
Je fis un petit tour,
Puis je suis revenu;
Le mort parlait toujours.

Je me suis approché
D'une très-grosse pierre,
Puis je me suis couché
Le ventre contre terre.

Le mort, dans ce moment,
Parlait de sa souffrance;
Il prononçait souvent
Les malheurs de la France.

Comment la Renommée,
Flambeau de l'univers,
Se verrait désarmée
Par le monstre pervers.

Comment le grand Paris,
La grande capitale,
Se verrait-il soumis
A la ligue vandale.

Comment nos bataillons,
Devant l'Europe entière,
Verraient nos pavillons
Rouler dans la poussière.

Tout ça n'aura pas lieu,
O vieille tyrannie,
Déjà la main de Dieu
Sonne ton agonie.

Le peuple veut ses droits,
Et veut qu'on le délivre,
Et le dernier des rois
Aura fini de vivre.

Je le dis pour certain,
Si l'on brûlait Paris;
Eh bien! le genre humain
Périrait avec lui.

Le monde en souffrirait,
Même de nos souffrances,
Et en supporterait
De grandes conséquences.

Tous les traîtres à genoux,
Dieu vous crie : anathème!
Tyrans, prétendez-vous,
De résister quand même.

Oh non ton apogée,
France n'est pas perdue.
Tu viens d'être affligée,
Des traîtres t'on vendue.

Que le monde, a son tour,
Fasse bien réflexion;
France, reste toujours
La grande nation.

On te retarderas
Mais, n'importe quand même,
Tu te relèveras
Par un effort suprême.

Comment monstres inhumains,
Par üne politique,
Vous prétendriez demain
Saigner la République.

O France, écoute-moi
Méprise les parjures ;
Moi qui suis mort pour toi,
Tout couvert de blessures.

Nous étions les martyrs
D'une grande canaille,
Qui nous faisaient mourir
Sur le champ de bataille.

Quand le peuple planté
Dans cette position,
Le monstre a contenté
Sa salle ambition.

J'ai comme la plupart
De nos anciens soldats,
J'ai longtemps pris ma part
A nos sanglants combats.

J'ai toujours défendu
Le drapeau de la France,
J'ai longtemps combattu
Pour son indépendance.

Je quittai tout alors
Pour voler au succès,
Je partis pour mon sort
En mil huit cent sept.

Du jour ou l'ennemi
Eût reconnut la France,
Je rentrai au pays
Après cinq ans d'absence.

Nous étions de retour
En mil huit cent douze,
Je vins finir mes jours
Dans mon pays, à Couze.

Je vivais tristement
D'une pauvre retraite ;
Ah ! le gouvernement
Payait bien mal sa dette.

Là, je restai longtemps
Dans des réflexions,
Tant ce bruit important
Méritait d'attention.

Je ne diffère plus
Sur ce que je dois faire,
Ce que j'ai entendu
C'est la voix de mon père.

J'étais sur son tombeau
L'arrosant de mes larmes,
Je disais au bourreau :
Que fais-tu de tes armes,

Déclare ta colère,
Tourne la contre moi ;
Quoi, tu manques mon père,
En as-tu bien le droit.

De ce lieu de douleur,
Témoin des funérailles,
L'on a fait par malheur
Renverser les murailles.

C'est un coupe-jarret
Un abus du pouvoir,
Qui donna cet arrêt
Je tiens à le savoir.

Non, ça n'est pas un coup
Comme vénant du Ciel,
Il s'en faut de beaucoup
Qu'il soit providentiel.

Eh bien, ce changement,
On me l'a dit depuis,
C'est le gouvernement,
J'aurais fait comme lui.

Je le dis sans détour,
Je vous en prie en grâce,
Si vous venez un jour
Visiter cette place,

Passez à petits pas,
Respectez ce saint lieu,
Ne vous amusez pas,
Venez y prier Dieu.

Faites bien réflexion,
Remarquez où vous êtes,
Faites bien attention
A tout ce que vous faites.

L'auriez vous oublié,
Tous les hommes sont frères ;
Vous foulez à vos pieds
Les cendres de vos pères.

Priez y sans détour
Et vous n'y perdrez rien,
Vous passerez toujours
Pour un homme de bien.

Ah ! priez y bien Dieu,
Je vous le recommande,
Entrez dans le saint lieu
Déposez votre offrande.

Le bien que vous ferez
Vous sera bien rendu,
Ce que vous donnerez
Ne sera pas perdu.

Montrez vous généreux,
Mais qu'on n'en sache rien ;
Vous serez bien heureux ,
Vous aurez fait du bien.

Respectez ce saint lieu,
Je vous l'ai dit d'abord,
Venez y prier Dieu
Par respect pour le mort.

Soyez bien rassuré,
Surtout n'ayez pas honte ;
Ce que vous donnerez,
Dieu vous en tiendra compte.

Dieu n'est pas exigeant,
Vous ne l'ignorez pas ;
Ne donnez pas d'argent,
C'est descendre trop bas.

Dieu seul a le pouvoir
De calmer nos souffrances,
Mais il ne veut pas voir
Vendre ses indulgences.

Comme simple mortel
Entrez dans la chapelle,
Déposez sur l'autel
Une fleur d'immortelle.

Soyez Juif ou Païen,
N'importe votre culte ;
Dieu reçoit toujours bien,
La prière du juste.

Si le canon un jour,
Troublait la paix publique.
Ne faites pas le sourd,
Servez la République.

Si jamais les tyrans
Nous recherchaient querelle,
Vous devez dans nos rangs
Vaincre ou mourir pour elle.

---

## LA SORTIE

### DU CIMETIÈRE

Quand je fus revenu
De l'ancien cimetière
J'avais bien reconnu
La tombe de mon père.

J'étais si fatigué
Je fus prendre la goutte
Dans un petit café
Au bord de la grand'route.

J'admirais la beauté
De sa charcuterie
Et puis sa propreté
Devant sa boucherie

Pendant qu'on me servait
De la fine Champagne,
Un monsieur arrivait
Comme venant d'Espagne.

Parlant très poliment,
Sa tenue convenable,
Il vient dans le moment
Se placer à ma table.

Vous ne vous gênez pas ,
Je le dis, c'est bien triste,
Passez un peu plus bas
Si vous êtes carliste.

Je suis Républicain ,
Monsieur, je vous le jure ,
Je n'ai rien ce matin
Pour panser ma blessure.

Je suis au désespoir ,
Monsieur, je peux vous dire
Que depuis hier au soir
Je souffre le martyre.

Je suis républicain ,
Monsieur, et je m'en vante,
Mais depuis ce matin
Ma blessure est saignante

Ne soyez pas ingrat,
Monsieur, j'aime la France ,
Car Dieu vous le rendra,
Soulagez ma souffrance.

Croyez-moi trop sensé
Pour en faire un abus,
Je suis été blessé
Par l'éclat d'un obus.

Monsieur, nos ennemis ,
Ces faits ne sont pas rares,
Ils font dans nos pays
Des crimes de barbares.

Croyez-le, c'est ainsi,
Ce sont des misérables,
Je suis venu ici,
Les gens sont très-affables.

Puisque dans mon pays
Le hasard nous rassemble,
Nous allons, mon ami ,
Nous promener ensemble.

Faisons un petit tour ,
Nous parlerons d'affaires,
Nous verrons au retour
Ce que nous pourrons faire.

A l'ombre des peupliers
Vous remarquez sans doute
Trois marches d'escaliers
Qui donnent sur la route.

Je le dis sans détours,
Comprenez ma raison,
Dieu bénira toujours
La modeste maison.

Voyez ce beau fourneau,
Il fait peu de volume ,
Entendez le marteau
Résonner sur l'enclume.

Et puis sur l'autre bord
Voyez ces deux pêcheurs,
Vous allez voir d'abord
L'Hôtel des Voyageurs.

Ne vous ennuyez pas,
Traversons la coline,
Car à deux pas plus bas
Vous êtes à la Meuline.

Saluons poliment
La jolie maisonnette,
Voyez dans le moment
Nous sommes à Vallette.

C'est la bonne saison ,
Si vous êtes rentier
Remarquez la maison
D'un gros marchand drapier.

Vous êtes étranger,
Je parie de longtemps,
Quand on fit allonger
Ce joli bâtiment.

Je ne peux franchement
Vous préciser l'époque.
Nous sommes en ce moment
Au moulin de la Roque.

Je ne sais pas mentir
Je parle sans façon,
Mon cher, j'ai vu bâtir
Ce paté de maison.

Je n'étais pas bien vieux,
Je n'étais qu'un gamin,
Le maitre de ce lieu
Porte un nom de romain.

Il serait indécent,
Car c'est indispensable,
Saluons en passant
La maison respectable.

Faites bien attention
Au signe qu'elle porte
Au beau trait d'union
Au-dessus de sa porte

Dites votre oraison
Si vous êtes des nôtres ,
Mon cher, cette maison
N'est pas comme les autres.

Et puis découvrez vous
Ça nous fera honneur,
C'est là le rendez-vous
De tant d'hommes de cœur.

Nous approchons du port,
C'est ce qui me console,
Vous allez voir d'abord
La maison agricole

Marchez plus doucement,
Honorez l'industrie,
Monsieur, en ce moment
Vous êtes a la Perdrie.

Comprenez ma raison,
C'est le nom de la place
Voyez cette maison
Comme elle a bonne grâce

Vous êtes au bout du pont,
C'est ici qu'on s'arréte,
Si votre œil n'est pas bon
Ah ! mettez vos lunettes.

Car j'en suis convaincu
Je ne me trompe pas,
Vous n'avez jamais vu
Un tel Panorama.

Profitez du moment,
Regardez la tournure
De ce grand bâtiment
Et sa belle toiture.

De sa belle industrie,
Tulle en était jalouse,
C'est la papeterie
Dite le port de Couze.

Tout est fait avec goût,
On l'a fait a dessein,
Vous avez derrière vous
Son vaste magasin.

Mais sans vous déranger,
Si vous le trouvez bon,
Je vais vous engager
A traverser le pont.

Faites bien réflexion,
Vous êtes sur le port,
Dans votre position
Vous faites face au nord.

Et puis quand vous aurez
Traverse la rivière
Là vous remarquerez
L'effet de la Fregière

Le coup-d'œil est charmant
Quatre mois de l'année,
Surtout dans ce moment
La Couze est débordee.

Ce qui n'est pas vilain,
Voyez ce blanc d'albâtre
Et puis ce beau moulin
Qui triture le platre.

Ça doit vous étonner,
Attendant votre épouse
C'est l'heure de dîner
Nous retournons a Couze.

Puis nous irons ce soir
Visiter chez Marot.
Demain nous irons voir
Le moulin du Barrot

Je ferai mon devoir,
Car je vous l'ai promis,
Demain nous irons voir
L'église du pays.

Depuis le Presbytère,
Pour monter au château,
Vous jouirez, j'espère,
Le chemin est très-beau.

Entrant dans le grand bourg,
Vous avez sous vos yeux,
Qui forment un carrefour
Deux sentiers rocailleux.

Je le dis pour certain.
Selon ma connaissance,
Ils entourent un jardin
De bien peu d'apparence.

Eh bien, ces deux issues,
Je vous le fait connaître,
Vous conduisent au-dessus,
A la porte du maître.

Quand vous arriverez
Sous ce toit vénérable,
Mon cher, vous saluerez
Le foyer respectable.

Je le répète encor,
Je l'ai dit tout a l'heure,
Vous saluerez d'abord
Cette mère qui pleure.

Comme un vieux commerçant
N'aime pas la débauche,
Saluez en passant
Les trois maisons à gauche.

Ecoutez, je vous prie,
Le beau son de sa cloche ;
Remarquez la mairie
Se trouve a votre gauche.

Remarquez mon ami
La cheminée fumante
Au milieu du pays
La maison imposante. .

Vous m'avez écouté,
Je fais tout pour vous plaire,
La maison a côté
C'est l'ancien presbytère.

Montez tout doucement
Jusqu'au bout du coteau,
Et puis dans le moment
Vous serez au château

Vous vous réjouirez
Sur ce nouveau calvaire,
Et puis vous pleurerez,
Voyant le cimetière.

FIN

# LE GRAND CATACLISME

Un jour, l'été dernier,
Ma femme était inquiète :
Je pris mon épervier
Je fus jusqu'à Vallette.

Enfin, pour contenter
Le goût de mon épouse,
Je voulais lui donner
Un poisson de la Couze.

Mais je ne prenais rien,
Le temps était très-doux ;
Je me suis dit : Eh bien
Allons aux Guillandoux.

Un monsieur élégant
Et marchant à grand pas,
Vint me dire : brigand
Tu ne passeras pas.

Qui t'a donné ce droit,
Ça n'est pas un chemin ;
Du reste, je te crois
Même républicain.

Ce qu'il y a de certain,
Monsieur, parlez plus bas
Je suis républicain
Mais vous ne l'êtes pas.

Vous êtes un arlequin,
Du reste, peu m'importe,
Jamais républicain
N'a parlé de la sorte.

Car un homme de bien
Est un peu plus poli,
Quand on ne lui dit rien
Et qu'on n'est pas chez lui.

Il s'approche un instant,
Agitant son bâton,
Tu vas dans le moment
Me demander pardon.

Ah ! tu viens maintenant
Me dire cette injure,
Eh bien je vais, manant
Te casser la figure.

Vous êtes un insolent,
Vous me dites suspect,
Je vais dans le moment
Te manquer de respect,

De passer dans ce champ
Tu veux m'en faire un crime.
Mais tu n'es qu'un méchant,
Un faiseur de victime,

Tu prends le bien d'autrui,
C'est le trait d'un vilain ;
Quand on passe aujourd'hui,
On peut passer demain.

Quoi, je t'ai offensé
En passant sur ce bord,
Mon père l'a passé
J'y passerai encor.

Tu m'a l'air d'un gamin,
Je te prie de te taire,
Et puis de ce chemin
Tu n'est pas propriétaire.

Dans ton emportement
Si tu me pousse à bout,
Je vais dans le moment
Te faire boire un coup.

Je te dis, grand vaurien,
Pour grossir ta fortune
Tu ne respecte rien,
Tu vole la commune.

Tu ferme ce sentier,
C'est le trait d'un bandit,
Tu gêne l'ouvrier
C'est moi qui te le dit.

Le fabricant subi
Ta sale ambition ;
Mais le droit d'un pays
N'a pas de prescription.

Voilà notre butor
Qui change de propos,
Il murmurait encor
En me tournant le dos.

Il me quitte sans bruit
Rongé par le remords,
Il arrive chez lui
Il murmuroit encor.

Quoiqu'il fait le mutin
Il se voit dans l'ornière,
Tout le long du chemin
Il bave de colère.

Enfin, pour le guérir
Tout le monde est debout,
On ne peut le tenir,
Il paraît qu'il est fou.

Il prend un lavement
Au bout d'une minute,
Dans son appartement
Il renverse et culbute.

Pendant qu'il brisait tout,
Dans sa chambre à coucher
Tout le monde debout
N'ose pas s'approcher.

Enfin il est sorti
Dans une triste mise,
Car, jugez le bandit
N'avait que sa chemise.

Ses yeux sont renversés
On ne voit que le blanc,
Ses traits sont effacés
Il semble un revenant.

Le voilà dans la rue
Un bâton à la main,
Tout le monde se rue
Sur lui, mais c'est en vain.

Il frappe sans égard,
Tout le monde recule,
C'est le corps de César
Sur les jambes d Hercule.

Il a tout terrassé
Car sa rage est à bout ;
Chez lui tout est cassé,
Pas un meuble debout.

Voilà le détraqué,
Hurlant à sa façon ;
Le brigand m'a manqué
Je brûle ma maison.

Mais ça n'est pas le tout,
Devant moi tout recule,
Je veux brûler partout,
Il faut que Couze brûle.

Je veux tout arracher,
Ce sont tous des brigands,
Je veux faire un bûcher
De tous ces habitants.

Il part comme un fougueux,
Cette grande canaille,
Et va mettre le feu
Dans un grenier à paille.

La tourelle est tombée,
C'est fait de la maison,
La toiture plombée
Prend mauvaise façon.

Et le monstre inhumain,
Devant la foule entière,
Il brandissait soudain
La torche incendière.

Des tourbillons souffrés
Se répandait dans l'air,
Nous étions étouffés,
On n'y voyait plus clair.

Oh grand Dieu que de maux,
De pertes regrettables,
Les pauvres animaux
Brûlaient dans leurs étables.

Nous étions cependant
Mouillés jusqu'a la peau,
Il tombait par moment
De grosses gouttes d'eau,

La flèche surplombait
Par l'horrible tourmente,
Et la pluie qui tombait
C'était de l'eau bouillante.

Les démons se battaient,
Se déclaraient la guerre ;
Les oiseaux s'abattaient
Tous rôtis sur la terre.

C'était bien autrement
Que l'effet de la guerre,
Pendant un bon moment
La lune touchait terre.

Jamais rien de pareil,
Pendant assez longtemps,
On croyait le soleil
Perdu dans l'occéan.

Mais pour le rappeler
Dans sa colère infâme,
On vient pour lui parler
De son fils, de sa femme.

On voyait l'insolent
Agitant son bâton,
Furieux, fougueux, hurlant,
Appeler son garçon.

Je veux ta sœur aînée,
Elle viendra, j'espère ;
Va chercher mon épée
Pour éventrer ta mère.

Vous allez allumer
Le feu sous cette grille ;
Je veux vous consumer
Et toute la famille.

Avant de m'en aller
Et sans sortir d'ici,
Je veux tout avaler
Quand tu seras rôti.

Je suis buveur de sang,
Je suis anthropophage,
Je suis monstre vivant,
Je suis bête sauvage.

Moi, je suis Lucifer
Au milieu de ces flammes,
Je dompterais l'enfer,
Je dévore les âmes.

Celui qui manquera
Cette vieille moustache,
Tôt ou tard il saura
Que je ne suis pas lâche.

Celui qui passera
Dans ce champ sans rien dire,
Ou qui me manquera
Aura fini de rire.

Je le préparerai
Pour le mettre à la broche,
Et puis j'emporterai
Ces poumons dans ma poche.

Je suis maître en ce lieu,
Je peux faire la guerre,
Ne croyez pas en Dieu,
Je gouverne la terre.

Ne croyez pas en Dieu,
Je vous l'ai dit d'abord,
Je suis maître en ce lieu
Je le répète encor.

Au son de cette voix,
Le maître de la terre,
Le bon Dieu cette fois
Va se mettre en colère.

Là, tout se démontait,
On n'y voyait plus clair,
La terre s'agitait
Comme une plume en l'air

Le bon Dieu l'a puni
De toutes ces offenses,
J'en ai bien ressenti
Des grandes conséquences.

Par comble de malheur
Tout n'était pas fini,
L'occéan en fureur
S'échappait de son lit.

Les démons s'en mêlaient,
Il n'en fallait pas d'autres,
Les montagnes roulaient
Les unes sur les autres.

C'était providentiel,
On disait tout s'en mêle,
Les étoiles du ciel
Tombaient comme la grêle.

Je me croyais perdu,
Au milieu des tempêtes,
Le ciel était venu
A deux doigts de nos têtes.

La Couze était brouillée
Calme comme un étang,
La Dordogne embrouillée,
Toute rouge de sang.

Le tout se dévastait
A ces terribles luttes,
Car la foudre éclatait
Cinq cents fois par minutes.

Au milieu de nos maux
Rien n'était rassurant,
Tous les petits ruisseaux
Remontaient leurs courants.

De ce grand accident,
J'en garde des regrets,
L'incendie cependant
Faisait de grands progrès.

Sa mère était venue
Sans se faire connaître,
Sa femme toute nue
Sautait par la fenêtre.

A l'aide d'un levier
On enfonce une grille,
Un courageux pompier
Avait sauvé sa fille.

On enlève un rocher,
On enfonce une porte,
Sous le poids d'un plancher
Sa pauvre mère est morte.

Tout était confondu,
J'en parle malgré moi,
Son fils qu'on croit perdu,
Reparaît sur le toit.

Comme il ne pouvait plus
Reculer en arrière,
Puis se voyant perdu
Saute dans la rivière.

Lui était descendu
Ce cacher dans un puits,
On le croyait perdu
Chacun priait pour lui

Puis il en est sorti
Son corps tout découvert,
Car, jugez le bandit
Etait nu comme un ver.

On voit dans le moment
La Couze s'endurcir,
Et puis en même temps
La terre s'entr'ouvrir.

Quel triste événement
Produit le despotisme,
C'est le dernier moment
C'est le grand cataclisme.

Chacun réfléchit bien
Mais on n'a peu d'espoir,
Car on n'y voit plus rien
A deux heures du soir.

Prions c'est le moment,
Faisons notre prière,
Sans quoi le firmament
S'abattra sur la terre.

La terre ce'te fois
Avait changé de face,
On voyait devant soi
Une énorme crevasse.

Chacun craignait vraiment,
De tomber dans le gouffre,
Tous malheureusement
Craignant l'odeur du souffre.

C'est pour un seul bandit
Que le tonnerre gronde,
Tout le monde se dit :
Voici la fin du monde.

A quatre heures du soir
Malgré l'odeur du souffre,
On va s'apercevoir
Qui sortait de ce gouffre.

C'est le roi de l'enfer,
Tout le monde est à plaindre,
C'est un monstre de fer
Impossible à dépeindre.

Il secoua longtemps
Ses oreilles pointues,
Il se grattait le flanc
De ses ongles crochues.

Il portait ses cheveux
En forme d'une meule,
Et des lames de feu
Lui sortaient par la gueule.

Mais il fallait le voir
Sortir du souterrain,
Et porter en sautoir
Une chaine d'airain.

Son nez était très long,
Ses regards redoutables,
Il portait sur le front
Deux cornes effroyables.

Sa barbe, ses cheveux
Etaient en fil de fer,
Pour résister aux feux
Terribles de l'enfer.

Il portait son bouclier
Plié dans une nate,
Un grand cercle d'acier
Lui servait de cravate.

Le terrible lutain,
Toujours plein de rancune,
Il brandissait soudain,
Le trident de Neptune.

Quant il vit le malin,
Il leva son trident,
Son œil était vilain
Et tout rouge de sang.

Un bruit lugubre et sourd,
Sortait de ses entrailles,
Il balançait toujours
Son corps couvert d'écailles,

On se cachait bien loin,
Tout le monde avait peur,
Le monstre avait au moins
Trente mètres d'hauteur.

Par moment il sautait
Jusqu'à perte de vue,
Sa tête se perdait
Bien souvent de la nue.

Deux serpents du désert
Lui servaient de ceinture,
Et des bottes de fer
Lui servaient de chaussure.

Enfin le monstre hideux
Effrayait les campagnes,
Et de son bras nerveux
Renversait les montagnes.

Au moment qu'il passait,
Vous ne le croiriez pas,
Le rocher s'enfonçait
Se brisait sous ses pas.

La foule se pressait
Courant au grand galop,
Sa cuirasse pesait
Un million de kilog.

Notre homme en le voyant
A paru tout capot,
Le monstre en l'abordant
Lui tenait ce propos :

Quoi, sans cœur enduroi,
Je vais t'apprendre a vivre.
Ah je suis sans merci,
Coquin tu dois me suivre.

Il s'approchait de lni
D'une allure paisible,
Je te tiens aujourd'hui
Brigand, tu vas me suivre.

Quitte moi ce bâton,
Ton regard m'importune,
C'est moi qui suis Pluton
Le frère de Neptune.

Eh bien, me conhais-tu,
Je suis roi de l'enfer ;
Je suis Pluton, de plus
Frère de Jupiter.

Tu manques à ton devoir
J'ai tout lieu de le croire,
Tu dois bien le savoir
Cherche dans ta mémoire.

Malgré ton repentir
Et ta fausse prière,
Demain tu vas rôtir
Dans la grande chaudière.

Tu n'a point de pitié,
Tu vieillis dans le vice,
Je vois pourtant ton pied
Au bord du précipice.

Terrible usurpateur
Tu ruines ton pays,
Tu lui fais son malheur
Tu ne fais rien pour lui.

Tu te crois immortel,
O monstre de nature,
Mais un jour l'Eternel
Vengera ton injure.

Là tu seras jugé
Par son grand tribunal,
Et tu seras plongé
Dans le gouffre infernal.

En lui disant pourquoi.
De son bras redoutable
Le mis dans son carquoi
Tout comme un grain de sable.

Il revient sur ses pas
Agitant son trident ;
On se disait tout bas :
Il l'emporte vivant.

On le voyait passer,
Il marchait à pas lents,
Puis il fut s'enfoncer
Dans le gouffre béant.

On vit dans le moment
Le terrain s'applanir,
Et puis en même temps
Le beau temps revenir.

Le monde était en deuil,
Tout se croyait perdu,
Et puis dans un clin d'œil
Tout nous fut bien rendu.

Le ciel pris son hauteur,
Le soleil sa distance ;
Dans le plus grand malheur
Il faut de la patience.

Le coup d'œil le plus beau :
On vit dans le moment
Chaque petit ruisseau
Se mettre en mouvement.

Dans le même moment
On sentit la fraicheur,
Et tout le firmament
A reprit sa grandeur.

Ah ! depuis ce grand jour.
Couze a beaucoup changer,
Parlez en tour à tour
Même au plus étranger.

Qui passera là-bas
Au bord de la rivière,
On ne le fera pas
Reculer en arrière.

Des hommes généreux
En tiendrons l'équilibre,
Nous seront tous heureux
Le chemin sera libre.

Courons vite au saint lieu
Prier pour le coupable ;
Le bonheur vient de Dieu
Tantôt il vient du diable.

# COUZE

Air : *Plaignez mon infortune.*

De ce charmant rivage
J'aperçois le rocher,
De mon joli village
Je revois le clocher ;
Du lieu de ma naissance
Je vais revoir le toit,
Après trente ans d'absence
Mon cœur est tout à toi.

Je viens dans tes parages
Soulager mon martyr,
J'ai dans tous mes voyages
Gardé ton souvenir ;
Cette reconnaissance
Enfin je te la dois,
Berceau de mon enfance
Mon cœur est tout à toi.

J'admire tes fabriques,
Connues de l'univers,
Tes papiers mécaniques
Vont passer outre-mers.
Les puissances guerrières
Penserons comme moi,
Dirons dans leurs prières
Mon cœur est tout à toi.

J'ai l'humeur bien chagrine,
Car je crains un affront,
Je viens voir la machine
Qui fait le papier rond,
L'inventeur honorable
Mérite notre choix,
Courage infatigable
Mon cœur est tout à toi.

Que ton rare génie
Est utile aujourd'hui,
Voit cette colonie
Qui brûle ton produit ;
L'Espagnol en goguette
Le diras sous son toit,
Fumant sa cigarette,
Mon cœur est tout à toi.

Beau pays de Cocagne
Mire toi dans ton eau,
Oh riante campagne
Ah que ton ciel est beau,
Les nations étrangères,
Le Grec et le Chinois,
Dirons dans leurs prières
Mon cœur est tout à toi.

Ici l'Être suprême
Contemple nos regards :
Je t'afflige, je t'aime,
Le berceau des beaux-arts ;
Ne pleure pas tes pères,
Ils sont tous près de moi
Couze, je les vénère,
Mon cœur est tout à toi.

M∴ F∴

# A MON FILS BIEN REGRETTÉ

## Mary - Constant - Valentin - Joseph  BALLANDE

*Né à Thiers le 21 juin 1855 ; décédé le 3 février 1872.*

— Je meurs, mon pauvre père,
Je ne vois plus d'espoir
Mais bientôt, je l'espère,
Tu viendras me revoir ;
La mort vient fermer ma paupière,
Et toi, les pleurs mouillent tes yeux ;
Ne pleure pas, ma bonne mère
Nous nous retrouverons aux cieux.
Mes deux frères, ma sœur, (*)
Ont prié Dieu pour vous,
Dans ce lieu de douceur
Viendront vivre avec nous.
Mon père m'avait dit,
Etant dans mon bas âge :
« Mon enfant, tu grandis ;
Du moins, soit toujours  sage,
Montre-toi courageux,
Utile, charitable ;
Sois toujours généreux,
Protège ton semblable ;
Sois bon, fidèle ami,
Parle peu politique ;
Sers toujours ton pays,
Dieu, puis la République. »
Mon fils, écoute-moi ;
Le plus bel avenir,
Laisse donc après toi
Le meilleur souvenir. »
Je vous le dit tout court,
Mais le plus grand bonheur
C'est de finir ses jours
Avec la paix du cœur.
L'homme de sentiment
Doit mourir sans reproche ;
Du dernier jugement
Il ne craint pas l'approche.
Je vous tiens ce propos
Par mon ange gardien ;
Dans ce lieu de repos
La fortune n'est rien.
Moi je suis bien heureux,
Mais ! mes pauvres parents,
Ah ! c'est bien malheureux
De mourir à seize ans.
— Ah ! mon fils, dans ce lieu,
Pour servir d'hécatombe,
Accorde-moi, grand Dieu
De pleurer sur ta tombe !

(*) C'est le quatrième et unique enfant que perd M. Ballande-Fougedoire.

# LES ÉLECTIONS MUNICIPALES DE CLERMONT EN 1875

Enfants de Gergovie
J'ai vu votre tactique,
Vous aimez la patrie
Comme la République.

J'aime la loyauté,
Je l'aimerai toujours ;
Toute la vérité
Doit se mettre au grand jour.

A quoi bon oublier
Ce qui nous intéresse,
On doit le publier
Par la voix de la presse.

Agir tout autrement
On passerait pour lâche,
Il faut dans ce moment
Que le peuple le sache.

Eh bien, sans exciter,
Sans craindre de poursuite
Clermont je vais chanter
Ta ligne de conduite.

Ça ne m'a pas surpris,
J'ai soixante printemps ;
Je connais ton esprit
Depuis plus de vingt ans.

L'histoire en parlera,
Même avec réflexion
Elle racontera
Ce grand jour d'élection.

Ah oui, de ce grand jour
L'histoire en parlera,
Clermont marche toujours,
Et Dieu le bénira.

Mais ce jour glorieux
Est facile à comprendre,
C'était la voix de Dieu
Qui s'était fait entendre.

Clermont brille toujours
De ton nouvel éclat,
Toi qui donnât le jour
A ce brave soldat.

Pour notre grand malheur
Fut tué vingt ans trop tôt ;
Le grand homme de cœur
Mourut à Marengo.

Je te dirai toujours
Toutes les vérités,
Toi qui donna le jour
A des célébrités.

J'aime ton beau climat :
Ce qui fait ton renom,
Pascal avec Domas
Sont sortis de Clermont.

Pendant que nos amis
Agissaient franchement,
Eh bien, nos ennemis
Marchaient tout autrement.

Pendant que nos amis
Voulaient tarir nos larmes,
Eh bien, nos ennemis
Se servaient d'autres armes.

Pendant que nos amis
Servaient la République,
Eh bien, nos ennemis
Troublaient la paix publique.

Dire nos ennemis,
Le mot est un peu crû,
Dire nos bons amis
Je ne l'ai jamais cru.

De toutes leurs erreurs
S'ils revenaient demain,
Malgré tous nos malheurs
Je leur tendrai la main.

Les haines de partis
Disparaîtraient d'abord,
Nous serions tous amis
Alors nous serions forts.

C'est pour notre cité
Un fait très honorable,
C'est pour la liberté
Un jour bien remarquable.

On voudrait nous trahir
Oh non ! le Puy-de-Dôme
Ne veut plus obéir
Au pouvoir d'un seul homme.

Souvent c'est un vaurien
Qui nous fait voir des tours,
Car il dépense bien
Cent mille francs par jours.

Je veux vous prévenir,
Vous l'ignorez peut-être
Mais de votre avenir
Vous ne seriez plus maître.

Quand vous auriez élu
Ce maître de l'empire,
Il serait absolu,
Il pourrait bien vous dire :

« Je suis maître sur terre,
» Et mon sujet, c'est toi ;
» J'ai déclaré la guerre
» Va t'en mourir pour moi. »

Oh ville de Clermont
Tes vertus sont connues,
Je voudrais que ton nom
S'élève jusqu'aux nues.

Nous en sommes certain,
Dans tout le Puy-de-Dôme,
Tout les républicains
Votaient comme un seul homme,

C'est descendre bien bas
D'obéir au tyran,
Tu ne ramperas pas,
Clermont, soit toujours grand.

Ceux qui voyageront
Du Caire aux Espignats.
Se féliciteront
D'être nés Auvergnats.

# Le Sommeil du Peuple

Air : *Toute l'Europe est sous les armes.*

La France vient d'être affligée,
L'univers en est convaincu ;
Elle perd de son apogée,
Mais le peuple n'est pas vaincu,
Jamais mortel ne verra pire,
Loin de partager le danger,
Bien des généraux de l'Empire
Nous ont vendus à l'étranger. (*bis*).

REFRAIN.

Citoyens, venez prendre place
A la barbe de l'ennemi ;
Qui tremblera sera puni,
C'est la loi de Garibaldi,
Il s'agit d'avoir de l'audace ,     (*trois fois*).
Craignez-vous le bruit du canon ? Non !

Le peuple dort, faites silence,
N'interrompez pas son sommeil,
Il rêve le sort de la France,
Tyrans prenez garde au réveil.
Si Guillaume nous parle en maître,
Moi je dis qu'il perd la raison ;
Il avait grand besoin du traître,
Metz fut vendu par trahison.   (*bis.*)

Quand nous descendrons dans l'arène,
Pour combattre les Allemands,
L'Alsace avec la Lorraine
Viendront grossir nos régiments.
Marchons conquérir nos frontières,
Faisons donc de nouveaux efforts,
Prouvons aux puissances étrangères
Que les Français ne sont pas morts.   (*bis*).

Citoyens notre politique
Est pour le bonheur de chacun,
Nous demandons la République,
Disons un pour tous, tous pour un.
La République nous recrute,
Il faut obéir à la loi,
Au bout du fossé la culbute.
On ne meurt jamais qu'une fois.   (*bis*).

M∴ P∴

*Septembre 1871.*

# LES FORMATS DE PAPIER

Bien des personnes font usage du papier depuis bien longtemps. Les employés de bureau et ceux des administrations, même de papeterie, ont ignoré jusqu'à ce jour le nom de chaque form it, soit à bras, soit à la machine.

Eh bien, cher lecteur, quand vous aurez lu ces vers, vous ne l'ignorerez pas.



Pour un instant je vous supplie,
Laissons les armes au soldat ;
Laissons les chants de la patrie,
Chantons les respects de l'Etat.
Vous me comprendrez, je l'espère
Chantons pour l'honneur du métier ;
Rousseau, Pythagore, Voltaire,
Qu'auraient-ils fait sans le papier.

Je fais le griffon pour les traîtres ;
La serpente pour les jaloux ;
Le colombier, aux géomètres ;
Le poulet pour les bons époux ;
Puis je donne la cuisinière
Aux jeunes garçons, de bon cœur ;
Aux galopins, de la teillère ;
De la cloche aux carillonneurs.

Les aigles aux napoléonistes ;
Le grand-monde aux républicains ;
La fleur de lis pour les carlistes
Et le bâtard aux arlequins ;
La cigarette aux prolétaires ;
Le grand-raisin aux vignerons ;
De l'étoile aux célibataires
Et le tréal aux forgerons.

Le grand-jésus, pour les jésuites,
Puis le longué pour les connus ;
Le chapelet, aux hypocrites
Et de l'affiche aux inconnus ;
Le grand timbre pour les notaires ;
Aux relieurs le passegrand ;
Le lyon pour les militaires ;
L'écu pour le cruel tyran.

Le grand-aigle pour l'Allemagne
Et l'impérial pour les voleurs ;
Je fais le troizos pour l'Espagne ;
Le sans-marque aux hommes sans cœur ;
Le grand-éléphant aux grands hommes ;
De la couronne à l'amoureux ;
Enfin, dans le siècle où nous sommes,
Ne fait pas le cornet qui veut.

Pour l'imprimeur de la coquille :
Le grand-cartier pour le joueur ;
La fleurette à la jeune fille ;
Je fait le pot pour le buveur ;
L'estradon à l'homme de paille ;
Le doublage pour le bandit ;
Le baderlin pour la canaille ;
La cartouche pour l'homme hardi.

Aux étudiants, la demoiselle ;
Le messel pour les couteliers ;
Le carré mou pour l'infidèle ;
L'étandage aux vermicelliers
Et puis, outre ma clientèle,
Je sers une administration,
Je tâche de faire pour elle
Une bonne fabrication.

Pour qu'en France rien ne nous manque,
Tout dévoué pour la patrie,
Je fournis le billet de Banque ;
Le carré pour l'imprimerie.
Je vends l'almanach au ministre ;
L'écolier aux petits garçons.
Je fais le papier rond pour filtres
Et le triangle aux franc-maçons.

La champice pour les malades ;
Le gargoussier aux artilleurs ;
Le bricelet pour les nomades ;
Le petit-gris pour les tailleurs.
Pour l'Etat la dette publique ;
L'épainglier pour la Normandie ;
Le soleil pour la République ;
Le musique à la comédie.

Le registre pour la finance ;
Le passeport aux voyageurs.
Pour les juges, de la balance.
Je fais le port d'arme aux chasseurs.
Pardonnez à mon ignorance,
Je connais bien peu mon métier ;
Pourtant j'ai fait mon tour de France,
Qu'aurais-je fait sans le papier.

# L'AVARE DEVANT DIEU

As-tu bien soulagé
La veuve et l'orphelin,
Et au pauvre affligé
As-tu donné du pain.

Tu me faisais languir
Pendant une élection,
Je te voyais agir
De certaine pression.

Pour exploiter l'ouvrier
Tu faisais le cafard,
Et dans ton atelier
Tu flattais le mouchard.

Tu faisais ton métier,
Car je te voyais faire
Quand le pauvre ouvrier
Recevait son salaire.

Tn me faisais frémir,
Tu lui jouais le tour,
Tu savais retenir
Un quart d'heure par jour.

Pour avoir des emplois
Et des décorations,
Je t'ai vu quatre fois
Changer de pavillon.

Je te voyais un jour
Visiter un grenier,
Là tu jouais le tour
D'un terrible usurier.

Je te voyais chez toi
Quand tu vendais ton vin,
Tu jouais devant moi
Le rôle d'un coquin.

Je t'ai vu par hasard
Marchander la volaille,
Comme dans ton regard
Tu paraissais canaille.

Mais quand tu marchandais
Chez ton marchand tailleur
Toujours tu tripotais,
Parle donc grand voleur.

Je plains le serrurier
Qui faisait tes serrures,
Je plains le cordonnier
Qui faisait tes chaussures.

Chez toi ton fournisseur
Etait toujours victime,
Tu savais, grand voleur,
Retenir le centime.

Pour laisser de l'argent
A toute ta famille,
N'as-tu jamais brigand
Trompé l'honnête fille.

N'as-tu jamais à tort
Pris au gouvernement,
N'as-tu jamais butor
Menti vilainement.

Pendant tout ton vivant
Tu me priais sans cesse,
On te voyait souxent
Hypocrite à la messe.

Tu n'étais qu'un bigot,
Un faiseur de victime,
Apprends qu'un faux dévot
A mes yeux c'est un crime.

Je t'ai bien remarqué,
Je te rendrai justice,
Mais ton front est marqué
Du sceau de l'avarice.

Tu diras que j'ai tort,
Mais je m'en aperçois
L'avare veut de l'or,
A quel prix que ce soit.

Il possède un état,
Mais il le gâte enfin,
S'il ne réussit pas
Il se fait assassin.

Mais si ça lui convient
Il s'y prend autrement,
Alors il ne dit rien,
Il vole adroitement.

Quoiqu'il les tient cachés,
Ici nous les savons,
Eh bien tous tes péchés
Nous les condamnerons.

Je te l'ai déjà dit
Je juges l'intrigant,
Mais l'avare est puni
Comme un chef de brigands.

Ah je suis sans merci,
Je te rendrai justice,
Le plus grand crime ici
Eh bien c'est l'avarice.

Je te connais fripon,
Monté dans la balance;
Tu pèse comme un plomb
Grand voleur de confiance,

Ton regard me le dit,
Je sais qu'au lit de mort,
Tu pleurais, vieux bandit,
Rongé par le remords.

On ne peut juger mal
La balance à la main,
C'est le grand tribunal
De tout le genre humain.

On ne peut dans ce lieu
Te juger autrement,
Tu parais devant Dieu,
C'est le grand jugement.

Dans ton vilain métier,
Quand tu priais pour moi,
Comme riche rentier
Tu travaillais pour toi.

L'avare est enlevé,
Puni, chargé des fers
Et puis précipité
Dans le fond des enfers.

Dieu parlait le latin,
S'adressant à saint Pierre :
Mon cher, demain matin,
Ecrivez au saint Père.

L'avare est enlevé
Et marqué sur l'épaule ;
Tout le monde est levé,
Dieu reprend la parole.

Mais je te jugerai
Comme on juge un coupable,
Je te condamnerai,
A genoux misérable.

Remarque, vieux bandit,
Tous ces grands monuments,
C'est là le paradis
Et tous ses ornements.

Tu vois ce beau travail,
Bien bâti, tout en pierre
Et puis ce grand portail
Qui ferme la barrière.

Quand l'avare entrera
Par cette belle grille,
Un chameau passera
Par le trou d'une aiguille.

Quand l'avare sera
Reçu dans ce saint lieu,
L'océan séchera,
Je ne serai plus Dieu.

Avant-hier élégant
Tu paradais chez toi,
Mais aujourd'hui, brigand
Tu parais devant moi.

Mais je te jugerai
Comme je te le dis,
Je te condamnerai ,
A genoux gros bandit.

Pour connaitre mes lois
La chose est très-facile,
As-tu bien quelques fois
Parcouru l'Évangile.

Dangereux exploiteur
Fier tireur de carottes,,
On devrait, vieux flatteur
Te mettre les menottes.

Je veux dorénavant
Que mes lois soient sévères
Que ces mots importants
Soient dits dans vos prières.

Et que tous vos enfants
Les apprennent par cœur
Qu'ils répètent souvent
Tout avare est voleur.

# L'EXPOSITION DE LYON EN 1872

Air : *Ah ! donnons lui, compagnons de sa gloire.*

## I.

Dieu des beaux-arts et du génie,
Je vais, de mes faibles talents
Chanter l'honneur de ma Patrie,
Inspire-moi de tes doux accents ;
—Entends, dans le siècle où nous sommes,
Chanter dans ces jours solennels,
Vois donc l'élite des grands hommes
Prosternés devant tes autels.

### REFRAIN :

Beau paradis, grande ville de France,
Nous venons te prouver notre reconnais-
Riche berceau de l'industrie    [sance,
Tu fais toujours honneur à la Patrie.

## II.

Chez nous chacun nous donne exemple,
Du laboureur jusqu'aux rentiers.
Tu vois paraître dans ton temple
Des hommes de tous les métiers.
L'horticulteur vient prendre place,
A côté du cultivateur,
Tu verras se placer en face
Le cordonnier et le tanneur.

## III.

Bien loin de se faire la guerre
Enfin tu verras le maçon
Placé près du tailleur de pierres,
S'occuper à prendre leçon.
Le scieur-de-long et l'ébéniste
Prier avec le charpentier,
Puis l'opticien et le chimiste
Donner la main au papetier.

## IV.

Le liseur, le tailleur de limes
Assis tout près du coutelier.
Tu verras le peintre sublime
Trinquer avec le tonnelier ;
Tu verras l'ami de l'algèbre,
L'ingénieur, le mécanicien,
Puis le canus le plus célèbre
Prier avec le physicien.

## V.

Il est difficile à dépeindre
L'ensemble de tous les métiers.
Tu verras le tailleur, le peintre,
L'orfèvre avec le ferblantiers.

Le maréchal sans aucun doute,
Le verrier puis le relieur,
Le tourneur va se mettre en route
Viendra suivi de l'imprimeur.

## VI.

Le cartier, l'armurier ensuite
Viendra le boulanger ;
Ils amèneront à leur suite
Le fondeur avec l'horloger,
Le bourrelier, le sellier en tête
Viendront avec le forgeron,
Et puis pour célébrer la fête
Tu verras venir le charron.

## VII.

Le sculpteur pour se faire admettre
Viendra suivi du pâtissier,
Ensuite vient le géomètre
Accompagné du tapissier ;
Le sabotier sait nous comprendre
Viendra suivi du pharmacien,
Le carrossier sans plus attendre
Suivra de près le musicien.

## VIII.

Les potiers, les meilleurs apôtres,
Amèneront les serruriers ;
Puis les plâtriers, comme les autres,
Amèneront les charcutiers.
Dans cette époque solennelle
Le fleuriste, le perruquier,
Voyant l'occasion si belle
Viendront suivis du cuisinier.

## IX.

Pour illustrer notre patrie,
Tu verras l'ami du crayon
Venir porter son industrie
A l'exposition de Lyon.
Le liseur va se faire inscrire
Il voudrait marcher le premier,
Il voit que ça n'est pas pour rire,
Il viendra suivi du formier.

## X.

Le chapelier se rendra digne
De l'exposition d'aujourd'hui,
Tu verras tous les hommes hors **ligne,**
Chacun t'apporter son produit ;
Tu verras pour te rendre hommage,
L'ouvrier, comme le commerçant,
En te présentant son ouvrage.
A tes pieds brûler de l'encens.    **M.˙.**

# ESSAIS POÉTIQUES.

Sois prudent mon enfant,
Le méchant est à craindre,
Je te l'ai dit souvent,
Le souffrant est à plaindre.
L'ivrogne s'abruti,
L'avare est malheureux,
Le voleur s'aplati.
Le sot est dangereux.
Le fainéant saligot,
Le poltron dégoutant,
Remarque le bigot,
Est toujours insolent.

Redoute les mouchards
Car ils n'ont pas de cœur,
Eloigne les bavards,
Méfie-toi des flatteurs.
L'usurier en dessous,
Ne rit que quand il grêle.
Le joueur sans le sou,
Cherche partout querelle.
Le gourmand dépravé,
L'orgueilleux malhonnête,
L'homme mal élevé
Ma foi je le regrette,

Le traitre est un trompeur,
L'opulent saltimbanque.
Le riche a toujours peur
Que son argent lui manque.
Mes amis c'est assez
Parler de ces coupables;
Mais les fanatisés
Sont bien plus redoutables,
S'ils peuvent ils vous tueront,
Soyez-en convaincu,
Puis ensuite ils diront :
C'est Dieu qui l'a voulu.

De ces audacieux,
De ces monstres indomptables
Nous avons sous les yeux
Des crimes épouvantables.
Parlons de Soliman,
Fanatique pervers,
Un jour le musulman
Assassine Kléber.
Quel triste évènement,
C'était de bon matin,
On voit Jacques Clément
Professeur de latin,

Il a l'air empressé,
Il veut parler au roi,
Et le fanatisé
Assassine Henri trois.
L'infamie s'éveilla
Aux cris du fanatisme,
Ce jour-là Ravaillac
Au nom du despotisme.
On voyait l'insensé,
Difficile à comprendre,
Mais d'un fanatisé
Que peut-on en attendre.

D'un sourire de miel,
D'une mine d'albâtre,
Puis pour gagner le ciel
Assassine Henri quatre.
Par un crime ordonnait,
La Saint-Barthélemy,
Le peuple assassinait
L'amiral Coligny.
Le crime audacieux
Va bien plus loin encor
Car le superstitieux
Egorge sans remords.

Le roi sur son balcon
Inspiré par Satan,
Faisait comme un démon
Feu sur le protestant.
Et puis le lendemain
De ces masses de crimes,
La cour alla soudain
Insulter ses victimes.
Au lieu de se munir
De crêpes à leurs chapeaux,
Ils foulaient le martyr
Sous les fers des chevaux.

Dieu ne le permet pas,
Ils bravaient leurs victimes.
Ce que l'on faisait là,
C'était des doubles crimes.
Oh non ! monstres insensés,
Barbares vicieux
Jamais fanatisés
N'habitera les cieux.

N'allez jamais habiter un pays fanatisé. Je vais vous dire ce que je pense à ce sujet car j'ai appris avec grand plaisir que vous allez être notre voisin au premier jour.

# RÉCEPTION D'UN FRANC - MAÇON

## A SON PREMIER GRADE.

Dans mon petit ouvrage, j'ai tenu à vous donner connaissance de la réception d'un Franc-Maçon au grade d'Apprenti dans cette honorable Société qui a rendu tant de services à l'humanité, et qui peut en rendre de bien plus grands encore. Dans la crise difficile que nous traversons, soyons donc reconnaissants à ces hommes de cœur, infatigables et désintéressès, sur eux, l'argent n'aura jamais d'influence et le fanatisme encore moins.

France tu reprendras
Ta place dans l'histoire,
Quand l'instruction viendra
Gratuite obligatoire.
Quand le voile est levé
Apprends à te connaitre,
L'homme bien élevé
N'a pas besoin de maître.

Les arts et l'industrie
Chez toutes les nations,
La franc-maçonnerie
Prendra des proportions;
Prions Dieu sans détours,
Pour le bien de l'Europe,
Qui protège toujours
Cet ordre philantrope.

Comptons sur le concours
De cette Société,
On la verra toujours,
Pour notre liberté,
Combattre le fléau
Qui menace la France,
Et mourir, s'il le faut,
Pour notre indépendance.

Voyagez, mon ami,
De Paris à Golconde,
Parcourez du pays,
Faites le tour du monde,
Allez ou vous voudrez,
Contentez votre goût,
Eh bien vous trouverez
Des francs-maçons partout.

Ce qu'ils ont de commun,
Par une loi facile,
Si vous en manquez un,
Vous en manquez cent mille;
Je crois avoir raison,
Vous l'ignorez peut-être,
Eh bien le franc-maçon
Est facile à connaître.

Ce signe glorieux,
Ce don de la nature,
C'est le cachet de Dieu
Posé sur sa figure ;
Vous ne le verrez pas
Mépriser l'indigent,
Mais ne le croyez pas
Trop ami de l'argent.

Il a l'air très-sensé,
Il en donne des preuves,
On voit qu'il a passé
De terribles épreuves.
Pour prendre son repas,
Ce qu'il y a d'agréable,
Il ne demande pas
Tant de plats sur sa table.

On a tort à sa vue
D'opposer des frontières,
Car à son point de vue,
A quoi bon ces barrières.
Vous le verrez partout
Parler peu politique ;
Mais il aime avant tout
La sainte paix publique ;

Il fait la charité
Autant qu'il peut la faire,
Mais il a protesté
Contre l'art de la guerre,
Ce fait arrivera,
Car la chose est visible,
Bientôt on ne verra
Plus de guerre possible;

L'Europe formera
Une sainte alliance
Et nous témoignera
Bien sa reconnaissance.
Les crimes auront cessés,
Dissipons nos alarmes,
Et les fanatisés
Déposeront les armes.

Mais si par lâcheté,
Un manque à son devoir,
Et que la Société
Parvienne à le savoir,
Du jour qu'on est certain
Qu'il agit de la sorte,
Il est sûr l'endemain
D'être mis à la porte.
Pour éviter cela
La loi est très-sévère,
C'est qu'on ne reçoit pas
Les hommes à la légère.

Il passe un jugement
Non pas à son éloge,
Car il est sur le champ
Expulsé de sa loge.
Comme on fait de bons choix,
Tous ces désagréments
N'arrivent quelquefois
Pas quatre fois par an.

Je vois, mon cher ami,
Votre sang s'émouvoir,
Vous désirez aussi
Vous faire recevoir,
Vous êtes désireux
De faire un franc-maçon.
Ce qu'il y a de certain,
C'est à juste raison,
Il vous faut un parrain,
Et qu'il soit franc-maçon.

On vous présentera
Le bandeau sur les yeux :
Puis on vous parlera
Du royaume des cieux :
On vous entretiendra
Sur la géographie ;
Puis on vous parlera
De la philosophie.
Il faut vous rappeler
Toute votre mémoire.
Car on va vous parler
Tout à l'heure de l'histoire.

Oh non le franc-maçon
N'est pas homme incrédule,
Mais on l'a sans raison
Frappé du ridicule :
Il veut la liberté,
Honore les vertus,
Mais il a protesté
Contre tous les abus.

Êtes-vous bien savant
Sur la mathématique,
On va dans le moment
Vous parler de physique,
Il vous faut être né
De famille honorable,
Puisqu'on vous a donné
Un état convenable.

Un maître vous conduit
Et vous donne l'exemple,
Votre parrain vous suit
Pour entrer dans le temple.

Chacun est sur son banc,
En ligne de bon ordre,
Chaque frère présent
Porte la main à l'ordre.
Pensez sérieusement,
Vous en verrez l'aspect,
Vous êtes en ce moment
Dans un lieu de respect.

Vous êtes assuré
Dans un lieu respectable,
Vous êtes entouré
D'hommes bons et capables.

Nous vous l'avons prêché,
Tous les hommes sont frères,
Mais cependant sachez
Que nous sommes sévères,
Vous êtes raisonnable,
Vous êtes très-discret,
On vous juge capable
De garder un secret.

Vous entendez du bruit,
Parler plusieurs personnes,
Puis vous êtes conduit
Entre les deux colonnes.
De votre religion
On n'en parlera pas :
De votre réception
Vous êtes au premier pas.

Vous ne pouvez rien voir,
Pendant que tout s'apprête
On vient vous faire asseoir,
Mon cher, sur la sellette.

Voyez-vous ce travail,
Faites bien attention,
C'est un petit détail
Sur votre réception.
Je vous parle en ami,
Dans mon petit ouvrage
Il ne m'est pas permis
D'en dire davantage.

# Paroles du Vénérable au nouveau reçu :

Avant de lui enlever le bandeau, encore à genoux sur le premier degré, la main gauche sur le cœur, la droite sur le niveau, l'équerre et le compas, en face du Christ, pendant que tous les FF.·. forment la voute d'acier.

Faites bien attention
Chacun vous donne exemple,
Et faites réflexion
Vous êtes dans le temple,
Avant que de passer
La règle obligatoire,
Ici va commencer
Votre interrogatoire.
Nous savons aujourd'hui
Que vous êtes capable,
Là vous êtes introduit
Devant le vénérable,
Pour être agréable à Dieu
Nous sommes charitables,
Montrez-vous en tout lieu
Utile à vos semblables,
Mais que ce mot surtout
Soit dit dans vos prières
Vous devez avant tout
Respect aux ouvrières.
Soulagez l'orphelin ;
Voulez-vous qu'on vous aime,
Aimez votre prochain
Tout autant que vous-même.
Si vous êtes patron,
Vous aimez l'ouvrier,
Il faut en franc-maçon
Le faire travailler ;
Vous savez épargner,
Vous êtes raisonnable.
Faites-lui bien gagner
La journée convenable.
Si vous êtes bon père,
Vous êtes bon époux ;
Vous serez un bon frère,
Car nous comptons sur vous.
Vous n'êtes pas bavard,
Vous êtes trop bien né,
Apprenez qu'un mouchard
N'est jamais pardonné.
A voir ces insensés,
C'est vraiment douleureux,
Mais les fanatisés
Sont bien plus dangereux.
N'attendez pas enfin
Qu'un pauvre vous demande,
S'il se trouve sans pain,
Faites-lui votre offrande,
Mais quand un malheureux
Se trouve sans ressources,
Si vous êtes heureux
Ouvrez lui votre bourse.

Que cette donation
Ne soit jamais publique,
C'est notre religion,
C'est la loi maçonnique.
Mais il est un péché,
Nommé le fanatisme ;
Chacun le tient caché,
Ça, c'est du despotisme.
Ah ! mon frère, aujourd'hui,
Vous l'avez deviné :
Eh bien tout le pays
En est empoisonné.
Croyez-moi, je vous prie,
Car ils ne sont pas rares,
Mais je vous en supplie,
Méprisez les avares.
Jurez-nous sans détours
Sur la foi de votre âme,
Que vous aurez toujours
Du respect pour la femme ;
Faites-nous le serment,
On vous l'a dit tout bas ;
S'il en est autrement,
On ne vous reçoit pas ;
Sachez bien vous connaître,
Réfléchissez surtout
Car la femme est un être
Bien plus faible que nous.
Ça serait un affront,
Que chacun s'en occupe,
Sachez qu'un franc-maçon
Ne fait jamais de dupe.
Servez bien la Patrie
Nos lois vous le commande,
Protégez l'industrie
Je vous le recommande.
Vous venez parmi nous,
C'est avec parti pris,
Nous travaillons beaucoup,
Vous serez mal compris ;
Nous vous en prévenons,
Prenez-le pour certain,
Mais chez les francs-maçons
On boit très-peu de vin.
Chacun fait attention
Pour tenir l'équilibre.
Pour votre religion
Vous serez toujours libre.
Ne faites pas de bruit,
Parlez toujours en face,
Mais sur le bien d'autrui
Ne faites pas main basse.

Après le discours du vénérable, l'apprenti qui est dans une position pénible depuis bien longtemps et qui vient également de passer par des épreuves très-pénibles, autant physiques que morales, car on vient de lui tracer le portrait de la vie, qui est très-orageuse sous tous les rapports. Pour être reçu franc-maçon, il ne faut pas l'ignorer, il faut apprendre à vivre et à mourir et être utile à ses semblables suivant nos moyens et nos capacités ; il est bon de savoir que ces quelques jours que Dieu nous donne, nous devons les employer sagement et ne pas vivre rien que pour nous seul ; il est bon de comprendre que l'homme qui ne vit que pour lui seul n'est pas digne de vivre, car l'homme qui vit au préjudice de ses semblables ne voit jamais Dieu. Ne penser qu'à gagner de l'argent n'est pas vivre ; nous ne sommes pas ici pour bien longtemps. Nous sommes condamnés à rester plus longtemps couchés que debout.

Comme franc-maçon, vous devez élever vos enfants dans la crainte de Dieu, leur montrer le respect pour leurs parents et l'amitié pour leurs semblables, c'est à dire donner du pain au pauvre qui a faim, vêtir le malheureux qui a froid, procurer du travail au valide ; instruire l'ignorant qui ne sait rien ; protéger la veuve et l'orphelin ; soutenir l'oppressé contre l'oppresseur. Si vous êtes chef d'atelier, respectez vos ouvrières.

Combattre l'erreur et le fanatisme, non par le fer ni par le feu, mais bien par la vérité, la raison et la sagesse, et proclamer toujours et partout l'instruction gratuite et obligatoire, et de plus, la liberté pour tous, l'égalité pour tous et la fraternité pour tous. Vous devez savoir que notre porte est fermée aux avares, car l'homme qui ne vit que pour gagner de l'argent, n'est pas digne de vivre. C'est l'avarice qui fait le malheur du genre humain ; c'est ce vice qui dégrade l'homme et le conduit jusqu'au crime.

---

## Réponse du nouveau reçu au vénérable :

Ah ! notre digne vénérable,
Je vous en remercie beaucoup,
De m'avoir bien jugé capable
De venir m'asseoir près de vous.
Croyez-le je vous en supplie,
Croyez-le c'est mon intention ;
Eh bien la franc-maçonnerie
C'est mon unique religion ;
Je comprends très-bien nos prières,
J'en ai besoin, j'en suis certain :
Mais je compte sur vos lumières
Pour me conduire au bon chemin,
Ceux qui nous tournent au ridicule
Je les connais les malheureux,
Ils font le mal sans scrupule,
Ils ne seront jamais heureux ;

Ils ont un but mes très-chers frères
C'est de duper l'homme indigent,
Ils veulent vivre sans rien faire
En dépensant beaucoup d'argent.
Sous le bandeau de l'ignorance
Ils enchaînent la liberté.
Iis font le malheur de la France
En nous cachant la vérité.
On voit s'écouler les années
Et le peuple est toujours trompé :
Mais, Français, de nos destinées,
Le bon Dieu s'en est occupé,
Il veut le bonheur de la France ;
Lui seul nous soutient ici-bas,
Il veille a notre indépendance,
La France ne périra pas.

TRÈS CHER FRÈRE ,

Je vous félicite du courage et de la résignation que vous nous avez prouvés dans les épreuves que vous venez de passer, ces épreuves vous représentent le portrait de la vie, car, vous ne l'ignorez pas, cette vie est très-orageuse.

Elle est d'une bien courte durée, car elle passe comme le vol de l'oiseau, et, cependant, dans ce court trajet, l'homme a bien le temps de se voir dans des positions bien variées; la fortune est volage.

Nous vous l'avons toujours dit, tous les francs-maçons sont frères, vous êtes lié par les mêmes idées : celles de faire du bien à vos semblables ; chez nous, nous jugeons les hommes d'après leurs actes. Mettez toujours en pratique ces paroles de Moïse, écrites sur les tables de la loi :

« *Aime Dieu de tout ton cœur, et ton prochain comme toi-même.* »

Les avares et les fanatisés sont mal reçus chez nous ; ces deux vices font des ravages épouvantables dans le monde, le premier surtout.

Cette race maudite,
Le cœur pétri de fiel ;
Que la terre est petite
Pour qui la voit du ciel.

Je suis né, mon ami,
A Couze, en Périgord ;
Je chante mon pays,
Pensez-vous que j'ai tort.

Thiers, Décembre 1869.

# LA FRANC-MAÇONNERIE EN 1869

Air : *du Prolétaire de Béranger ou en avant les Voraces, vive la Liberté*

Mes frères voici le grand jour ;
La Franc-Maçonnerie
A chaque peuple tour à tour
Doit prêter son génie.
C'est le grand jour solennel,
C'est le banquet fraternel.

### Refrain :

C'est la grande famille
L'espoir de toute nation,
Les Brûleurs de Bastille
Sont hommes d'action,

Mes frères le voile est tombé
Quelle heureuse surprise,
Tout peuple est donc émancipé,
Notre œuvre est donc comprise
Et l'avenir des humains
Est désormais dans nos mains.

C'est la grande famille, etc.

Tous les peuples se comprendront
Et vivront tous en frères,
Comme un seul homme ils détruiront
Guérites et barrières.
Le passé n'a pas menti
Nos pères l'avaient prédit.

C'est la grande famille, etc.

Pour le bien de l'humanité,
Voulant la paix sur terre,
Les Franc-Maçons ont protesté
Contre l'art de la guerre,
Tellement ils ont horreur
De ce fléau destructeur.

C'est la grande famille, etc.

Ce grand progrès se produira
Sans que l'homme n'y touche,
Ce grand bienfait s'accomplira
Sans brûler la cartouche.
Tous les peuples renaissants
Seront très-reconnaissants.

C'est la grande famille, etc.

Mes frères veillons constamment
Au salut de la France,
Servons bien le Gouvernement
Pour notre indépendance ;
Que les braves gens surtout
Vivent, pensent comme nous.

C'est la grande famille, etc,

# LE CHANT

## DU BANQUET MAÇONNIQUE.

Air : *Toute l'Europe est sous les armes.*

A l'horizon voyez, mes frères,
Briller ces astres lumineux ;
Entendez ces cris populaires,
L'écho pénètre jusqu'aux cieux.
Inclinons-nous, car cet emblème,
Présente la fraternité ;
Ainsi donc à l'Etre suprême,
Portons tous la première santé.

*Refrain.*

Enfants de la grande famille,
Frères, debout, le verre en main,
Car pour faire honneur au festin
Il faut boire, j'en suis certain ;
Buvons ! le champagne pétille (*3 fois*)
Il faut boire jusqu'à minuit.
.................... Oui.

Observons bien ces phénomènes,
Tous les peuples nous comprendront ;
Arrivons au bout de nos peines,
Demain les masques tomberont.
Frères, buvons jusqu'à la lie,
C'est à notre prospérité,
A la gloire de la Patrie,
Portons la deuxième santé.

Enfants, etc.

Protestons contre les frontières,
Combattons tous les préjugés
Qui nous séparent de nos frères,
Des bons francs-maçons étrangers,
Que la bonne volonté serre
Les nœuds de la fraternité ;
A tous les maçons de la terre,
Portons la troisième santé.

Enfants, etc.

Dans nos travaux, dans nos prières,
Sur ces points soyons tous d'accord ;
N'oublions pas mes très-chers frères,
Tous les francs-maçons qui sont morts
Gravons au temple de mémoire
Leurs noms à l'immortalité,
De plus, très-chers frères, à leur
Portons la quatrième santé. [gloire,

Enfants, etc.

Buvons à l'honneur de la France,
Buvons au maintien de nos droits,
Buvons à notre indépendance,
Buvons à la chute des rois
Célébrons ce jour mémorable,
Buvons tous à la liberté
A notre digne vénérable
Portons la cinquième santé.

Enfants, etc.

# LA MARSEILLAISE DU PUY-DE-DOME.

*Cette chanson fut composée au moment du départ de nos mobiles.*

Français, des cohortes Prussiennes ,
Campent sous les murs de Paris,
Nous sommes certains qu'elles viennent
Pour démembrer notre pays.        *(bis.)*
Pour chasser ces lignes vandales
Allons braver le coup du sort ;
Maîs, pour les terrasser d'abord,
Usons des machines infernales.

### Refrain.

Aux armes ! bataillons,
Avance régiment,
Marchons, marchons,
Pour la patrie,
Français, c'est le moment.

Arrêtons leurs plans de campagne,
Nous avons du plomb et du fer,
Dans la plaine de la Limagne
Ils prétendent passer l'hiver.        *(bis)*
Quoi des phalanges mercenaires
Viendraient nous imposer des lois
Braves descendants des Gaulois,
Montrons-nous dignes de nos pères.

Aux armes ! etc.

Que l'amour, la paix, la concorde,
Bénissent la fraternité ;
Surtout que jamais la discorde
N'ensanglante la liberté.        *(bis.)*
Veillons au salut de la France,
Nos ennemis succomberont,
De notre côté nous saurons
Vaincre ou mourir pour sa défense.

Aux armes ! bataillons, etc.